LA THERIAQVE

AV ROY.

A LYON,
Par IACQVES ROVSSIN,
M. DC. XIX.

AV ROY.

SIRE,

I iamais le Ciel cheriſſant la France ſes delices, l'a inondé d'vn cataclyſme de benedictions, ç'a eſté depuis le temps que V. M. venant à la gouuerner en meſme aage que iadis voſtre grand & ſainct ayeul, l'on vous a veu auſſi toſt heritier de ſes vertus que de ſon Sceptre, ayant non ſeulement egalé, ains auſſi ſurpaſſé de bien loing tous ceux qui vous ayant deuancé en ce troſne plus de temps que de merites, n'ont eu gloire que vous n'ayez terny par la voſtre ; n'ont eſté ſignalez que pour releuer voſtre naiſſance : & n'ont paru que pour vous

A 3   faire

faire admirer d'auantage , poſſedant ſeul en gros tout ce que l'on peut particulariſer en detail de leurs belles qualitez. Ces merueilles vous ont acquis le tiltre parmy vos ſubiects, que iadis la douceur de l'Empereur Titus luy donna. C'eſt ce qui fait que vous eſtes l'amour de la France & des François, qui attirez de ce ſecret aymant à vous cherir, deſireroyent d'auoir contribué leurs vies & leurs annees pour perpetuer les voſtres ; & ne reſpirants que pour vous , extorqueroient, s'il leur eſtoit poſsible, d'enhaut, en voſtre faueur, vne Apotheoſe, à fin que voſtre immortalité eterniſa leur bien, & qu'il ne fuſt eternel qu'en l'heureuſe continuation de vos Coronnes. Si nous auons du repos, nous vous le deuons ; ſi nous iouyſſons de la paix, voſtre en eſt le benefice : ſi la guerre eſt exilee, & nos orages calmez, V. M. a eſté le Dioſcure de nos tempeſtes. Si les bônes Lettres reuiuent, ſi les Diſciplines ſe perfectionnent , ſi les Arts fleuriſſent, c'eſt parce que vous eſtes noſtre Auguſte : ſi voſtre Frãce autant l'œil de l'Europe, que vous eſtes le ſien, reſpire maintenant en l'apogee de ſon heur, c'eſt d'autant que vous eſtes ſon fauorable Genie: ſi nous viuons en luifs anciẽs chacun paiſible chez

ſoy.

foy, mangeant fa figue fous fon figuier, c'eft parce que nous auons en vous noftre Salomon : bref
fi la vraye Religion triomphe de la fauffe : fi la pieté r'entre en quartier; fi les autels font honnorez en
Dieu, & Dieu en fes autels , c'eft parce que vous
regnez en Louys huictieme & neufieme, pour
nous eftre long temps Louys treizieme. Ma te-
merité ne fçauroit donc eftre coulpable, fi i'ofe pa-
roiffant aux yeux de V. M. luy offrir ce que ie luy
doy , comme fubiect; puis que parmy les Profef-
fions que le bonheur de voftre regne fait le plus
efclater auiourd'huy, la Medecine eftant l'vne
de celles qui femble auoir attaint à fa perfection, ie
ne pouuoy & ne deuoy faire veoir fous autres
aufpices que celles de mon Roy, ce que i'eftale au
public pour fon bien; puifque ie le puifoy des
fources qui furjonnent de cefte fontaine & Royne des fciences. Son foing & fon eftude eft autant
admirable en fa diuerfité , que diuers en fes merueilles , entre lefquelles l'on loge à bon droict les
compofitions de fes remedes , vrayes & falutai-
res mains des Dieux (difoit vn Anciē,) noftre fan-
té leur eftant hommagere; & releuant tellement
de leur ayde, que fans eux noftre courte vie feroit

vne longue mort. Mais entre ces compoſitions, celle qu'on nomme d'vn nom plus vulgaire *Theriaque*, tient à bon droiƈt rang de Princeſſe, non ſeulement parce qu'anciennement les plus grands Potentats l'ont honnoree ou de leur peine, ou de leur ſoin : mais auſsi d'autant que ſes facultez oppoſees à toutes ſortes de poiſons & venins, luy ont acquis ceſte preſeance; eſtant d'autant plus vtile, que ſes effeƈts ſont certains & neceſſaires. C'eſt ſur ceſte maiſtreſſe confeƈtion que i'ay exercé mon eſprit & mon trauail, ceſtuy cy, l'ayant preparé aux yeux & à la veuë de vos Magiſtrats, & d'vn celebre College de Doƈteurs Medecins, auec tant de fidelité & tant de rapport aux deſcriptions anciennes (mes vœux ayants conſpiré auec ma diligence & mon debuoir, pour en former vn antidote, qui ſeruit non aux Antonins, ou aux Mythridates; mais à celuy qui de pieté, de valeur, & de Iuſtice les a autant ſurpaſſez, que ces Princes en ont deuancé d'autres,) que ie puis aſſeurer que le don en peut eſtre Royal, & digne, en quelque façon, de V. M. Or côme ce celebre remede conſte de pluſieurs ingrediens, qui patiſſent leurs difficultez mal eſclaircies iuſques à maintenãt, i'ay porté & pointé mon eſprit au demeſlement des doubtes, qui ont faict chopper les plus Doctes: non que mõ inſuffiſance leur puiſſe ſeruir de phanal & de guide, parmy ces tenebres & ces labyrintes d'erreur ; mais à fin que le public ne fut abusé d'vn tiltre ſpecieux, & qu'il ne rencontra l'Aconit ſous l'Alexitere. C'eſt auec ce deſſein, qu'attendant d'effectuer le dernier, au pluſtoſt, par les deux liures que i'ay deſtiné à ce ſujeet, & qui ia preſts de ſortir en lumiere n'en attendent que voſtre commandement, & l'approbation des Doctes, à fin qu'ils paroiſſent plus dignement munis de la ſauuegarde & protection qu'ils oſent eſperer de V. M. ſi i'ay ceſt heur qu'ils vous ſoiẽt agreables, ie luy preſente cepẽdant le premier. Comme nous conſacrons à Dieu les premices des fruicts qui ſont ſiens, i'en fay icy de meſme, voüant & dediant à vos Autels ce que vous auez produit en nous rauiuant & ranimant au Soleil de la paix, que vous procurez à vos peuples, les Diſciplines eſteintes & mourantes. Puiſſe-il, luyſant longuement, nous faire vn Siecle d'or, auquel regentant ſeul l'Vniuers, & faiſant tout le mondè François, voſtre Pieté, & voſtre Iuſtice vous donnant par ſur le nom de Sainct, celuy de Iuſte, apres auoir esté l'estonnement & l'exemple des Rois en terre, vous n'alliez veoir & ioindre vos ayeuls dans le Ciel, que lors, que vieilly parmy vn Dauphin & vos enfans nos futurs Princes, vous cesserez d'estre nostre Roy, pour demeurer nostre Protecteur & Patron tutelaire à iamais. Ce sont les vœux.

SIRE,   de

Vostre tres-humble, tres-obeyssant, & tres-fidele subject, seruiteur, & Apoticaire,

LOVYS DE LA GRYVE, Garde iuré en la ville de Lyon.

PARA

PARAPHRASE SVR
LES VERS D'ANDROMA-
CHVS, DES VERTVS ET
COMPOSITION DE LA
THERIAQVE.

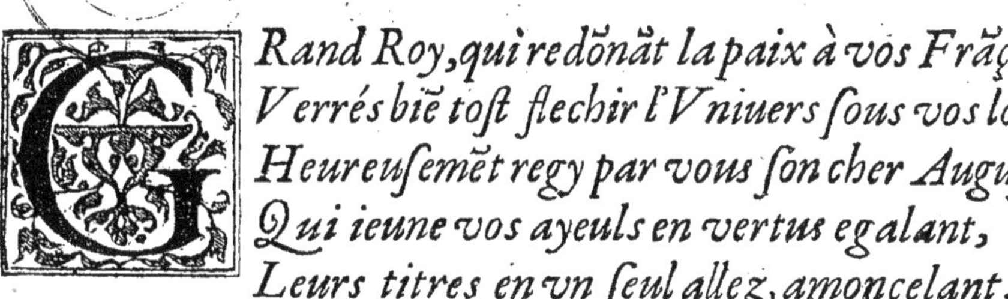

Rand Roy, qui redõnãt la paix à vos Frãçois,
Verrés biẽ toſt flechir l'Vniuers ſous vos loix,
Heureuſemẽt regy par vous ſon cher Auguſte;
Qui ieune vos ayeuls en vertus egalant,
Leurs titres en vn ſeul allez amoncelant,
Nõ moins Grãd, moins Vaillãt; mais biẽ plus que tous Iuſte.

Puiſque nous reſpirons ſous vous de tant de maux,
Que par vous le repos ſuccede à nos trauaux,
Que voſtre Leuant fut Couchant à noſtre peine,
C'eſt à vos Sainćts Autels, que nous deuons pieux
Appendre, non ingrats, les fruićts de noſtre mieux,
Vous en diſant le Ciel, le Soleil, la Fonteine.

Agreez donc, Grand Prince, en ce loiſir heureux,
Que vous nous procurez, que i'eſtale à vos yeux,
En ces vers, vn effećt de mes humbles ſeruices.
Ne dedaignez ma Muſe, & rabaiſſant humain
Voſtre auguſte grandeur, benin portez la main
A ce que ie fay veoir ſous vos plus ſainćts auſpices.

L'Autheur l'offrit iadis sous vn habit diuers,
L'empourpra, l'enrichit, luy fit parler en vers:
Le dernier des Cesars en eust chere l'offrande:
Mais ie l'ay faict parler tout le premier François,
A fin que recogneu du plus grand de nos Rois,
Son lustre parut mieux, sa beauté fut plus grande.

Le don est tout Royal, comme vostre vertu
Est l'Hercule, qui a nos monstres abbatu:
Il combat tout ainsi de tous venins la rage.
Vous fustes vn sainct-Elme au nauire François,
Quand menacé des flots il couroit aux aboys:
De mesme des poisons il esloigne l'outrage.

De leurs plus grands efforts ce remede est vainqueur,
Le Couleuure est sans dents, sans baue le Cracheur,
Sans escume le Chien trop pressé de son astre,
Lors que l'on a recours à ceste main des Dieux:
L'effet, autant puissant qu'il est prodigieux,
De ces pestes bien loin recule le desastre.

En vain le noir Pauot dans l'estomac descend:
Le froid de la Cygue en vain au corps s'espend,
Pour neant l'Aconit eust Cerbere pour pere,
L'Annebane ne nuit, ny le Colchique Oignon,
Ny l'herbe qui iadis a mis Thapse en renom,
Ny le venin qui a vne Mouche pour mere.

Le Serpent alteré, le Ceraſte cornu,
Et la Vipere à faux guettera le pied nud,
Le Scorpion dreſſant le crochet de ſa queuë,
Et l'Aſpic, qui ſon fiel ruiſſelle par ſes dents
Admireront domptez leurs aſſauts impuiſſants,
Et le ſacré pouuoir, qui les dompte & les tue.

Cil qui fait d'vn ſeul coup cent chemins à la mort,
Et épuiſant le ſang, l'homme au treſpas endort,
Fera ſon coup ſans playe: & l'hoſte des vieux cheſnes,
Bien que foulé aux pieds, pourtant ne leur nuira:
Non plus au moiſſonneur la Tarantole ira,
Portant deſſus ſes dents mille morts inhumaines.

Et l'Hydre, & ſon germain, à qui egalement
Et la terre & les eaux ſeruent de logement,
Ramperont ſans danger: & celuy dont Cyrene
Craint plus l'œil que la dent, & l'autre au double chef
Aux deſerts Affricains ſifflera ſans meſchef,
Et la Rainette en vain bauera ſur l'arene.

En fin quand gros d'honneur tu iras terraſſant
Dans les champs Aſiens le Barbare Croiſſant,
Portant apres tes Lys dans l'Affrique oppreſſee,
Ne crain pour tes Soldats, les peſtes que iadis
Diſtilla la Gorgonne au Lybique pays:
Ce remede, Grand Prince, en ſera le Perſee.

L'estomac refroidy y treuue sa chaleur:
Au poulmon pantelant elle donne vigueur:
Et soit qu'vn vent enclos face esleuer le ventre,
Ou qu'il flotte hydropique en vn lac de liqueurs,
Elle sçait dissiper toutes les deux tumeurs,
Et rafermir le corps, rafermissant son centre.

Ceste rage qui suit le malade intestin,
Quand l'esprit ou l'humeur luy boursoufle le sein,
S'esloigne à son secours: l'vne & l'autre Iaunisse
Luy cedent aussi tost, & les soleils du corps
Eclypsez, ou ternis, treuuent en ses thresors
De leur clarté brunie vn certain benefice.

Les membres desseichez du Phtisique bruslant,
Rafraichis, ramoitis se vont renouuelant,
Alors qu'on y recourt: & ce mal deplorable,
Qui roidit tout le corps en ses conuulsions,
Ou qui va l'affligeant par ses contractions,
Implorant ses bienfaicts, le treuue fauorable.

Le mal qui fut iadis du Comice banni,
Et cil auquel le corps demeurant tout terny,
Insensible, immobile, à peine l'air respire,
Et celuy qui le suit, qui les nerfs relachez
Priue de function, sont du tout arrestez,
Et doiuent leur hommage à son supreme Empire.

L'acci

L'accident, qui son nom de la Pleure reçoit,
En a soulagement, & lors que l'on cognoit
Par l'exces des douleurs la veßie vlceree,
Rien ne charme si tost & chasse le tourment:
La Nephritique en cesse, & plus facilement
L'Empyeme est guery & sa cause curee.

Ce froid, qui ennemy des voluptez du lict
Aux membres impuissants interdit le deduit,
Ennemy de Venus, s'eschauffe en son vsage:
Et quand l'air dans les corps inspire nuageux
De ses infections l'effect contagieux,
Prinse au Soleil leuant esloigne le dommage.

Lors que Morphee en fin inuoqué ne nous suit,
Et qu'au iour pour neant va succedant la nuict,
Oubliant ses Pauots en son onde Lethee,
Ce remede imploré puissant satisfera,
L'œil de sommeil chargé tost s'apesantira,
Tout ainsi que touché de la verge Athlantee.

Beüe au poinct du matin plus doux suiura le iour,
Et prinse quand la nuict noircit nostre sejour
Le nocturne trauail radoucy n'est à peine:
Mais lors que l'on craindra des Coleuures les dents,
Ou qu'vn secret poyson rauage le dedans,
A toute heure on recourt à sa boysson sereine.

Son poids ne paſſera pour l'vſer la groſſeur
De la feue d'Egypte,& lors il ſera ſeur,
Quand diſſoult en liqueur & propre & ſuffiſante
On le boira la nuiƈt,faiſant ia place au iour:
Ou quand le iour finy la nuiƈt fait ſon retour,
Obſcurciſſant du Ciel la face reluiſante.

Voylà les facultez de ce medicament,
Non qu'on l'aille en ces vers dignement exprimant;
Mais cecy doibt ſuffire entre tant de merueilles:
Car celuy de la mer comptera les ſablons,
Et le nombre dira de ſes flots & poiſſons,
Qui pourra dire au vray ſes vertus nompareilles.

Il ne faut pas auſſi,pour bien le compoſer;
Et au bien du public ſeurément le dreſſer;
Oublier rien qui ſoit de ſes ſacrez myſteres;
La moindre faute eſt grande en ſa confeƈtion,
Et rien ne peut changer ſa preparation,
Qui n'altere ſi toſt ſes effeƈts ſalutaires.

De là l'extreme ſoin des Princes Antonins,
Qui rabaiſſoyent leur pourpre,& trauailloyent benins
A l'exaƈt appareil d'vn ſi rare remede
(L'exercice iadis des plus celebres Roys;)
Comme en vous preſentant en ces lignes ſes loix,
Humble elle ſe promet à ſon debuoir voſtre ayde.

Il faut donc tout premier les Viperes choisir,
Leur demeure soigner, hardiment les saisir,
Au temps qu'vn air plus doux chassant l'hyuer fuyante
Sorties de leurs trous, rampant aux prez nouueaux,
Elles volent les fleurs, & pour leurs Vipereaux
Recherchent du fenoil la semence odorante.

Surprinses qu'elles sont, l'on doit incontinent,
Autant que va la main au poing se ramenant
Leur couper de la teste, & autant de la queuë:
Et puis leur despouïller ceste escailleuse peau,
Qui les va reuestant : puis les boüillir dans l'eau,
Soignant qu'au parauant leur ventre on euacue.

Ceste chair ainsi preste, au pot mise sera
Preparé pour tel cas, tant d'eau s'y versera
Qu'il sera de besoin pour parfaire l'ouurage :
Et puis y adioustant de l'Anet fort-flayrant,
Le bouillon iusques là au feu ira durant,
Que les os & la chair rompent leur assemblage.

Puis les tirant du pot, expose-les à l'air,
Pour quelque temps, auant que de les demesler
De leurs os espineux, en faisant diligence
De les retirer tous : puis à fin que la chair
Se puisse selon l'art & à propos secher,
Du pain bien preparé mets-y la conuenence.

Le bouillon seruira alors vtilement,
Et les chairs par apres bien plus facilement
Iront se façonnant à la forme requise.
Lors donques qu'au mortier tout bien meslé sera,
Les Trochisques depuis en rond l'on formera,
A l'ombre les seichant, sans Soleil, & sans bise.

Cecy fait, il faudra à la Squille venir,
L'empaster, & au feu sous la cendre tenir,
Iusqu'à ce qu'attendrie elle quitte la braise:
Puis luy oster l'escorce, & deux parties d'ers,
Venant mesler à trois de ces bulbeuses chairs
Les Pastilles formez, secher à l'ombre à l'aise.

Lors pren de ces Pastils six onces à la fois,
Adiouste leur de ceux de la Vipere trois,
Autant du Poiure long, & du suc qui surgeonne
Du Pauot entamé, & mesme quantité
De la confection, laquelle a merité,
Par sa belle couleur, le nom que l'on luy donne.

Suyue la Rose apres la plus haute en couleur,
L'Illyrique Glayeul fameux pour son odeur,
Le suc noir-iaunissant de la douce Racine,
Le doux grain du Naueau, le baume Syrien,
L'Agaric, la Cannelle honneur de l'Indien,
Et ceste Germandree qui aux eaux se confine.

Quatre dragmes trois fois de tous s'employeront:
A trois dragmes deux fois apres se peseront
La Myrrhe, le Saffran, le Coste de l'Indie,
Le Cinnamome roux, le Gangetique Nard,
Les Poiures blanc & noir, la fleur du Ionc qui part
Des Arabes cantons, & d'où on le mandie.

De mesme poids iront & en mesme troupeau,
L'herbe cogneuë au cerf du Dictean couppeau,
L'Encens, le Rhapontic, le Stœcas, le Gingembre,
Le Marrube, & Persil, l'odorant Calament,
La Quinte-feuille, & puis adioins-y prudemment
La Resine qu'on sçait du Therebinth descendre.

Apres changeant les poids à deux dragmes deux fois
Pese le Poliot, le Pin, non cil des bois,
Ains celuy rabaissé rampant par les campagnes,
Le Styrax, le Mëu, l'Amome en son raisin,
Cet autre Nard cueilly du Celtic Medecin:
Et donne leur apres les suyuantes compagnes:

La Terre de Lemnos, le Phu qui de Pont vient,
Le Malabathre Indois, la Racine qui tient
Encor un nom royal, l'Anis, la Germandree
Que la Crete produit, le Calcite bruslé,
L'Hypociste en son suc, le fruict emmoncelé
De l'arbrisseau cogneu dedans la Materee.

C   L'Idean

L'Idean Cardamome y tient son rang aussi,
Comme fait le fenoil, & le suc epoissy
De l'Espine, qui croit au terroir Memphitique:
Puis le Mille-pertuis, auec le Sermontain,
Le Nasturce sauuage, l'Ethiopic Cumin,
Le puant Sagapene, & la Gomme Arabique.

Mets les à part alors, vn quart d'once prenant
De l'herbe du Centaure, & du Coüillon puant,
Que le Bieure donna pour rançon de sa vie,
De l'Aristolochie, & de l'Asphalte autant,
Le Dauque, la liqueur du Panax degoutant,
Finy par mesme poids du Gomme de Syrie.

Il faudra toutefois dissoudre en premier lieu
Les larmes, les liqueurs, trempees de ce Dieu,
Qui charme nos soucis, & nos peines soulage:
Et apres du restant en poudre redigé,
Puis lié par le miel, & comme meslangé,
Conseruer à propos ce diuin assemblage.

ETERNEL, qui voulus pour le bien des humains,
Faisant pleuuoir sur eux les thresors de tes mains,
Creer la Medecine, & par mille merueilles
Communiquant le fruict de ses inuentions,
Pouruoir Pere benin à leurs afflictions,
Estalant çà & là ses grandeurs nompareilles.

Comme tu es celuy , chez l'escole duquel
L'Auteur aprit iadis ce remede immortel,
Qui sans toy n'est rien plus qu'vne confuse masse,
Instruy-nous, guide-nous en sa confection:
Anime son pouuoir , Apolon de Syon,
La faisant vrayement des venins la bonace.

N'en retire iamais ta benediction,
N'en reuoque iamais ceste donation:
Mesme quand nos pechez, aspriront ta colere,
Maintien-la nous, Seigneur, à fin que les mortels
Protestent secourus au pied de tes Autels,
D'auoir treuué par toy soulas à leur misere.

Et vous le soin du ciel, de la terre l'honneur,
Vous , MON ROY, permettez que par vostre grandeur,
Cet Antidote croisse, & qu'ayant Dieu pour Pere,
Qui premier l'inspira & en fust l'inuenteur,
Il ose desormais vous auoir Protecteur,
Laissant les Empereurs, & vous seul il reuere.

ANTIDOTVS

THERIACALIS, EX

ANDROMACHI S.

DESCRIPTIONE.

Ecipe Artiscorum Scilliticorum, ———————— lib. xij.
Theriacorum,
Magmatis hedycroi,
Macropiperis.
Opij, ——————————————————————— ana lib. vj.
Rosarum,
Scordij,
Seminis Napi,
Iridis Illyricæ,
Agarici,
Cinnamomi,
Succi radicis dulcis,
Opobalsami, ——————————————————— ana lib.iij.
Myrrhæ,
Croci,
Zingiberis,
Rhapontici,
Radicis pentaphili,
Calaminthæ,

Dictamni,
Marrubij,
Petrofelini Macedonici,
Stæcados,
Cofti Arabici,
Schœnanthi,
Leucopiperis,
Melanopiperis,
Nardi Indicæ,
Thuris,
Terebentinæ Chiæ,
Caffiæ ligneæ, ————————————————— ana lib. j. ß.
Polij,
Sefeleos,
Styracis,
Thlafpeos,
Ameos,
Chamædryos,
Chamæpitheos,
Succi hypociftidos,
Folij Indi,
Nardi Celticæ,
Gentianæ,
Seminis Anifi,
Fœniculi,
Meu,
Terræ Lemniæ,
Chalcitidis vftæ,
Amomi racemofi,
Sagapeni,
Valerianæ,
Carpobalfami,

Hyperici,
Acaciæ,
Gummi Arabici,
Cardamomi Idæi, ———————————————— ana lib. j.
Dauci,
Galbani,
Opopanacis,
Bituminis Iudaici,
Caſtorei,
Centaurei minoris,
Ariſtolochiæ tenuis, ———————————— ana lib.ß.
Mellis albi, ———————————————————— lib. ccxl.
Vini Cretici q.ſ.

MAGMA HEDYCROVM.

℞. Aſpalathi,
Aſari,
Amaraci,
Mari, —————————————————————— ana ʒ. ij.ß.
Calami Aromatici
Schœnanti,
Coſti Arabici,
Valerianæ,
Cinnamomi,
Opobalſami,
Xilobalſami, ———————————————— ana ʒ. iiij.ℨ.vj.
Folij Indi,
Nardi Indicæ,
Caſſiæ ligneæ,
Myrrhæ,

Croci, ———————————————————————— ana ʒ. ij. ß.
Amomi racemosi, ——————————————————— ʒ. xv.
Mastiches, ——————————————————————— ʒ. x.
Vini Cretici q. s.
    Forma pastillos.

ARTISCI DE VIPERA.

℞. Carnis Viperinæ, cum anetho, sale, & aqua coctæ, ——— lib. ix.
    Panis siliginei, ———————————————————— lib. iij.

ARTISCI DE SCILLA.

℞. Scillæ assatæ, ——————————————————— lib. xij.
    Farinæ orobi, ——————————————————— lib. viij.

AVX MAISTRES
APOTICAIRES IVREZ
DE FRANCE.

O V S les meilleurs & plus releueʒ esprits, qui ont prononcé iugement en faueur de la Medecine ; qui ont faict cas de ses inuentions, & les ont recognues pour les mains secourables, par lesquelles les Dieux releuoyent & soulageoyent nostre mal-heur ; n'ont peu neantmoins, parmy leurs eloges d'honneur, & l'applaudissement general des Doctes, ne s'estonner que Diogene, ce seuere & iudicieux Censeur de la vie des hommes, qui faisoit litiere de toutes les principales sciences, qui en baffoüoit & condamnoit l'vsage, & ne faisoit cas que de ce qui estoit selon son humeur, ou son opinion, aye tellement honnoré ceste faculté, qu'il n'a doubté de dire : qu'entre les choses qui faisoyent preuue de cest esprit admirable, qui est en l'homme, la Medecine en estoit l'vne & la principale ; Car ce suffrage conspirant à ses honneurs, estant d'autant plus considerable, que celuy qui le prononçoit, n'estant d'ailleurs suspect en la cause,

auoit

auoit esté poußé & persuadé de puissantes raisons à le luy departir. Ils n'ont peu ne croire, que ce qu'vn si parfaict & solide iugement auoit recommandé, ne fust comme hors de prix : & qu'il estoit impoßible de mettre à estime vne chose que ceste grande Ame, l'estonnement de son siecle, auoit comblé en deux mots de tant de loüanges. Aussi s'il faut parler franchement, & si comme sans flaterie, sans enuie, non seulement mille & mille choses la releuent par sur les autres sciences, mais de plus, de mesme qu'elles luy sont posterieures, & ne sont que les ruisseaux de ceste feconde source, i'ose dire veritablement, que tout ce qu'elles ont de lustre, & de brillant, elles l'empruntent de ce soleil.

Il paroit en toutes ses parties : mais sur tout en nostre Pharmacie, sõ bras droit & le Thesee de cest Hercule : & cõme elle luy sert d'arsenal aux machines, par lesquelles elle triomphe de la resistance des plus rebelles maladies, elle se partage aussi sa gloire : Et apres auoir eu des autels chez l'Antiquité, venue à telle reputation, qu'autres que les Dieux n'en estoyent creus les inuenteurs : & s'estant acquis des Sectateurs, parmy les plus grands Potentats de la terre, elle conserue encor ses lauriers par la soigneuse culture que vostre industrie, ioincte à vostre capacité, leur apporte, pour les faire à iamais verdoyer dans le plan de nostre France. Que si pour quelque temps, & pendant que la barbarie & l'ignorance flestrissoyent leur verdeur aux siecles derniers, il a semblé qu'ils fussent seichez, tant elle auoit perdu de son premier lustre, trauestie & auillie dans l'honteux exercice & l'ignorante pratique de mille pernitieuses erreurs, vous auez, MESSIEVRS, tous ensemble si genereusement releué ses

pertes, opposant voſtre ſuffiſance à l'incapacité qui terniſ-
ſoit ſa reputation, que s'il y-a iamais eu ſiecle, auquel elle
aye pareu en ceſte majeſté qu'elle auoit herité de la Medecine
ſa mere, c'eſt en ceſtuy cy, auquel ſi bien elle n'a des Roys pour
diſciples, tant de galants eſprits s'occupent à l'enrichir, qu'elle ne peut deſormais, rehauſſee dans l'apogee de ſon Ciel, de-
ſirer autre choſe pour le bien du public, que de proſperer &
fleurir touſiours telle. C'eſt ce qui faict que nous n'enuions
rien plus aux anciens, & que ce que leur doctrine, aydee de
leur prudence & du long vſage auoit produit de ſalutaire,
par les inuentions des remedes & compoſitions qu'ils auoient
voüé à la ſanté publique, ne ſoit plus dementy par des effects
contraires. Leurs promeſſes tirent leur adueu de vos fideles
preparations, & vous eſtes ſi exacts en l'eſlection des drogues conuenables, que vos penibles & loüables recherches
ont comme contrainct la Nature de nous redonner, & faire
reuiure vne infinité de medicaments, qui n'eſtoyent plus co-
gneus que de nom, & leur nom n'eſtoit ſçeu, que pour ag-
grauer le mal'heur de noſtre aage, ſi changeant ce mal'heur
en felicité nous n'eſtions r'entrez, par voſtre moyen, en la
poſſeſſion de ces biens, qui eſtoyent plus egarez que perdus,
plus meſcogneus qu'abſens. Que ne promet l'Antiquité
& le Medecin ſon inuenteur de la Theriaque? Cependant l'on
liſoit auec doubte ce qu'il a eſcript de ſes facultez: & l'in-
deüe preparation de ceſte Royne des compoſitions, la ſubſti-
tution ridicule & improbable des medicaments les vns aux
autres auoit tant de licence & ſi peu de iugement, qu'au lieu
d'vn antidote ſalutaire & laborieux Alexipharmaque, ce
n'eſtoit qu'vn chaos confus de drogues, le rebut & la riſée

du peuple, la prophanation de la Medecine, & l'opprobre de l'Art. En fin Andromachus sembloit auoir escript des songes, non des veritez, iusques à ce que, comme ses cautions, vous auez faict preuue que la verité ne pouuoit non plus estre dementie, que ses escripts, lors que ce grand Alexitaire preparé par vous, sous les regles de l'Art, & la prescription de l'Auteur, a rendu tesmoignage de son vtilité par ses effects, ou plustost par ses merueilles.

Le soing, que vous auez rapporté à luy maintenir son los & ce bien au public, a esté commun à plusieurs, qui comme autres Themistocles de tant de Miltiades, ont consacré leurs peines, veilles & estudes, à fin que ceste Royale & Princesse Confectiõ obtint non seulement le rang qu'elle merite : mais aussi que pour l'auoir elle ne fit rien veoir de bastard, d'illegitime, & de supposé, telle qu'elle auoit de coustume d'estre l'agreable occupation, & le digne passetemps des Consuls & Empereurs Romains. I'ay esté de ce nombre, & cõme depuis l'heureux moment que i'ay cõmencé à pratiquer la profession, mõ principal soing a veillé, sans crainte de despense ny de trauail, pour seruir fidelemẽt le public : i'ay neantmoins particulierement ambitionné, marchant sur vos traces, de perfectionner la composition de cest admirable Alexitaire : & luy faisant veoir le iour, l'estaler entier & parfaict, comme vn Hypolite resuscité, luy redonnant ses pieces demembrees, & en faire veritablement vn Virbie reuiuant. Les choses ne naissent iamais parfaictes : il faut proceder en nos desseins comme l'ourse, qui accouchant, dit-on, de pieces de chair informes, les leche iusques à ce que leur acquerant

vne nouuelle figure, ell' y recognoisse ses faons. I'en ay fait de
mesme : & à ceste fin, apres les voyages, les conferences auec
les doctes, tant Medecins, que Apoticaires, la recherche
& recouuerte des drogues plus rares, l'estude particuliere, &
tout ce qui pouuoit m'ayder à paruenir à mon but pretendu,
i'ay mis en fin la main à l'œuure : & apres plusieurs coups
d'essay en diuerses preparatiõs, desquelles le premier College
des Medecins de France, mes Collegues, le Magistrat &
le public a iugé : apres ces preludes, voicy que ie fay suiure
ma Theriaque, que i'appelle Royale, tant pour son premier
inuenteur cest infortuné Prince, qui ne l'esprouua que trop
salutaire, & pour ce grand Roy à qui ie la dedie : qu'à rai-
son de ses facultez emerueillables, qui domptants imperieu-
sement la force des poisons & venins, les contraignẽt de re-
cognoistre ce qui est de sa iurisdiction. Si elle a paru digne de
son nom : si ma diligence y-a esté coulpable en quelque
chose : si ma fidelité y-a esté suspecte : si i'y ay faict glis-
fer des drogues surannees : si le tout n'a esté tel que ie le
promettoy, que l'enuie mesme le dise, qui passant ses yeux
louches sur ce que i'estalloy, contraincte de laisser son fiel,
comme l'on dit que les Viperes, qui gardent le baume, sont
sans venin, n'a peu ne loüer ce qu'elle ne pouuoit blasmer.

Sur tout son appareil fust extraordinaire aux Trochisques principaux, desquels elle se partage & emprunte l'effect & le nom. Nous allions ou mandier ailleurs les Viperes
pour les preparer, peu soucieux de ce en quoy nous abondions :
ou bien nous les receuions tous formez, d'ailleurs : mais
i'ay esté le premier qui ay monstré de faict & de parole, que
nous recherchions paresseusement d'autre part ce qui estoit

auec nous & parmy nous. I'ay faict veoir combien noſtre terroir Lionnois eſt fertile en ces feres. Ie les ay chaſſé en tẽps conuenable, en compagnie & en preſence des plus fameux Medecins du College, & des plus celebres maiſtres Apoticaires: elles ont eſté legitimees aux marques conuenables: & par ce chemin que i'ay le premier frayé à mes compagnõs, i'ay non ſeulement enrichy ma Theriaque; mais obligé le public en quelque façon, qui par le moyen de ceſte deſcouuerte ne ſera plus deſtitué d'vn remede neceſſaire, que l'eſloignement des lieux, où l'on le croyoit ſeulement eſtre, nous rendoit eſtranger & peu vſité. I'ay remarqué neantmoins en ceſte preparation que pluſieurs doubtes, non encores aſſes reſoluës, y peuuent apporter de la difficulté: & que pour auoir eſté trop faciles à dependre en tout de la bonne foy des anciens, nous receuons bien ſouuent pour Axiome certain, & verité indubitable, ce qui n'eſt que ſonge & menſonge. Pour ceſt effect, à meſure que quelque choſe de particulier & moins eſclercy ſe preſentoit à moy, i'en faiſoy vne obſeruation, ſur laquelle conſultant ceux de qui i'attendoy des aduis plus ſolides & fructueux, i'ay veu croiſtre ce ramas auec eſtonnement: qui m'accreuſt lors que l'ayant communiqué à ceux qui peuuent tout ſur moy, & deſquels i'honore autant le iugement, que le merite & la doctrine, ils treuuerent à propos, que l'ayant poly, donné corps & reduit en liure, ie luy permiſſe le iour. Ie l'aduoüe, nous ſommes ſinges de nos conceptions, & nous ne cheriſſons pas moins nos eſcripts que nos enfans: Si ne pouuoy ie eſtre perſuadé de legitimer ce baſtard auorté dans mes ordinaires occupations, ſachant d'ailleurs combien de doctes ont trauaillé ſur ſemblable ſujet, apres lesquels il ne reste rien plus à dire, ou escrire. Mais quoy que i'aye opposé, ils m'ont contrainct à employer ce peu de loysir que i'ay peu desrober à mes affaires iournaliers, pour le vestir, le façonner & le faire parler François. Et n'eust esté que distraict d'ailleurs, ie ne luy ay encores donné congé, il eust paru en deux liures, au lieu de ces lignes, ausquelles ie permets de courir deuant, à fin qu'il vous trouue plus fauorables. Le premier diuisé en deux sections traicte fort au long des Viperes. Ie n'ay rien obmis sur ce suject, & le discours n'en sera pas desagreable, & peut estre apres tant d'autres qui ont plus escript qu'ils ne sçauoyent, ie pourray contenter quelque esprit moins difficile.

Ie passe au second, des Viperes aux autres ingrediens de ce grand Antidote, vous le verrez au plustost (Dieu aydant) & iugerez le Lyõ par l'ongle, y ayãt traicté plusieurs poincts necessaires, ausquels neantmoins personne ne s'estoit arresté; bien qu'il importe beaucoup qu'ils soyent bien expliquez. Ce n'est pas toutesfois pour vous que i'escry, si ce n'est pour subir vostre iugement, & profiter parmy ces recherches. Si neantmoins mon trauail ne sert aux doctes, il soulagera par cas fortuit ceux qui mediocres comme moy en la profession, ne dedaigneront ce que i'ay couché autant pour mon bien, que pour le leur. Les peuples de Chusetan sont contraints estãs trop esloignez du Soleil, d'y veoir à la lueur de ces petits animaux, qui estincellent d'vne brillante clarté durant la nuict : il en pourra estre ainsi de mes escripts : & tel qui a la veüe chassieuse pour les liures doctes, verra clair dans mes remarques. Comme les grenades, pour petites qu'elles soyent, contiennent autant de grains que les plus grandes & mieux

nourries: ainſi ſera-il de ces liures : ou bien ſouuent peu de lignes contiennent ou autant ou plus de ſuc que des plus pro-
lixes diſcours. Comme que ce ſoit i'ay voulu à voſtre imita-
tion eſtre & me monſtrer Pharmacien, & proffiter au public en toutes les ſortes que mon debuoir me le preſcript.
Si ie ne l'ay faict, ce contentement me reſtera de
l'auoir osé & d'auoir excité quelque plus
capable pour l'entreprendre en
ſemblable ſujet.
⁎

ATTESTATION
DE MONSIEVR OLIER,
CONSEILLER DV ROY EN SES
Conseils d'Estat & priué, Sur-intendant
en la Justice, & Police de la
Ville de Lyon.

NOVS IACQVES OLIER,
Seigneur de Verneuil, Cheuallier, Conseiller du Roy en ses Conseils d'Estat & priué,
Sur-intendant en la Iustice & Police de la
Ville de Lyon, pays & ressorts de Lyon-
nois, Forests, & Beaujolois; Certifions qu'en nostre pre-
sence, assistez des President, Lieutenans General & particulier, d'aucuns des Conseillers, & des gens du Roy du
Siege Presidial dudit Lyon: LOVYS LA GRYVE, Mai-
stre Apoticaire du Roy, & Garde iuré en ladite Ville, a
faict l'exposition, meslange & composition du *Theriaque,*
les drogues veuës, examinees, & iugees bonnes par les
Docteurs Medecins, & Maistres Apoticaires de ladite
Ville à ce present & appellez: Et pendant le temps de la
fermentation, l'vne des clefs du Vaisseau est demeuré en
nos mains, & ladite composition parfaicte, en a esté reser-
ué quantité dans vn Vase de la Chine, clos & cachetté de
nos armes, de celle de ladite Ville, & College des Medecins, pour estre presentée à sa Majesté; En foy dequoy
nous auons signé le present certificat, & iceluy faict seeller de nosdites armes. A Lyon, le 25. Octobre, 1619.

Signé,   OLIER.

Et plus bas par mondit Sieur,

ATTESTATION
DE MESSIEVRS LES PREVOST
DES MARCHANDS ET
Escheuins de la Ville
de Lyon.

N OV S Preuofts des Marchands & Efche-
uins de la Ville de Lyon, Certifions à tous
ceux qu'il appartiendra, Que LOVYS LA
GRYVE, *Maiftre Apoticaire du Roy,*
& Garde iuré en ladite Ville, a faict l'expo-
fition, meflange & compofition du Theria-
que, Les drogues à ce neceffaires ayant efté examinees &
iugees bonnes par les Docteurs Medecins, & Maiftres
Apoticaires de cefte dite Ville, à ce prefens & appellez, en
prefence de Monfieur Olier, Confeiller du Roy en fes Con-
feils d'Eftat & priué, Sur-intendant en la Iuftice, & Police
de ladite Ville, affifté des Srs Prefident, Lieutenans General,
& particulier, d'aucuns des Confeillers, & des Gens du
Roy du Siege Prefidial dudit Lyon, Et pendant le temps de
la fermentation, l'vne des clefs du Vaiffeau eft demeuree
entre les mains dudit Sieur Olier, Et ladite Compofition par-
faicte, en a efté referuée quelque quantité dans vn Vafe de
la Chine, clos & cachetté des armes de ladite Ville, dudit
Sieur-intendant, & du College des Medecins de cefte dite
Ville, pour eftre prefenté à fa Majefté, En tefmoin dequoy,
Nous

Nous François de Merle, Conseiller du Roy, President, Tresorier General de France en la Generalité de Lyon, Notaire & Secretaire de sa Majesté, Preuost des Marchands, Alexandre Chollier, Conseiller du Roy en la Seneschaussee, & Siege Presidial dudit Lyon, Octauien Vanelle, Philippe Seue, & Benoit Bezin, Escheuins de ladite Ville & Communauté, Auons faict expedier, & signer le present Certificat par le Commis au Secretariat, & seeller du seel, & armes autentiques de ladite Ville & Communauté. Le vingt sixiesme Octobre, l'an mil six cents dixneuf.

Signé,

DE MERLE.
CHOLLIER.
VANELLE.
SEVE.
BEZIN.

Et plus bas par mesdits Sieurs,
GVERIN, Commis.

Et seellé des Armes de ladite Ville.

APPROBATIONS DES DOCTEVRS
Medecins, & Maiftres Apoticaires Iurez de la Ville de Lyon.

OMME chez les anciens le Temple de la Vertu feruoit d'entree à celuy de l'Honneur, ceftuy-cy eftant la iufte recompenfe de celle-là ; ce qui a faict dire que les Arts recognoiffent l'Honneur pour leur pere nourricier : Auffi c'eft proftituer & tuer la Vertu, que de la priuer de fon prix, & luy defnier les eloges, qui doiuent fuiure fon merite. Que s'il y a quelque chofe qui s'en attribue dignement le nom, c'eft fans doute, felon l'aduis des plus iudicieux, le feruice rendu au public & à la patrie : tellement honnoré des fuffrages de tous les fiecles, que les premiers, crainte de ne le recognoiftre affez, ont logé parmy les Dieux ceux qui auoyent obligé le public de leurs inuentions, leur accordant plus qu'il ne leur falloit, pour ne leur eftre auares de ce qu'il fembloit leur eftre acquis : & les derniers les ont releué de toutes fortes de tefmoignage, & ne leur ont refufé aucune loüange, à fin que cefte recommandation feruit d'efperon, pour porter toutes fortes d'efprit à bien meriter de la chofe publique. C'eft pourquoy M^e. LOVYS LA GRYVE Apoticaire du Roy, & Garde iuré en cefte ville de Lyon, s'eftant prefenté à noftre College pour nous remonftrer, qu'ayant apres plufieurs autres fois preparé dernieremét la Theriaque, en prefence de la plufpart des Docteurs Medecins dudit College, & des Mes. Apoticaires de ladicte Ville, auec autant de foing, diligence, & fidelité, que l'on peut defirer à vne fi importante Compofition.

pofition, pour l'ornement de laquelle, outre la recherche des drogues les plus rares, il auroit pour le premier eftalé les Trochifques des Viperes non mandiez d'ailleurs, mais preparez en prefence des Docteurs Medecins,& Maiftres Apoticaires deputez, des Viperes chaffees & prinfes en lieu & faifon conuenable, dans noftre terroir Lyonnois,ce qu'autre auparauant luy n'auroit faict, defcouurant qu'en vain on les recherchoit d'autre part, puis que nous en abondions en nos quartiers; comme il l'a faict veoir par la quantité de celles qui ont efté tuees & preparees en fa boutique,pour la confection defdits Trochifques,legitimees aux fignes & marques indubitables,par lefquelles elles fe font recognoiftre. Et partant qu'il nous fupplioit, veu ce qu'il auoit rapporté d'eftude & de trauail,non feulement fuyuant, mais auffi par deffus la couftume, pour l'enrichiffement & perfection de ladicte Theriaque, que le tout pour luy feruir & au public, ne parut qu'auec noftre Approbation. Nous A N-GELIN FOVRNIER, Doyen du College par l'aduis des Docteurs, qui iugeants fes demandes iuftes, ont trouué à propos d'accorder fa requefte, à fin qu'il ne foit fraudé de la loüange qu'il merite pour s'eftre acquitté fi dignement qu'il a faict de cefte Compofition , & que rendant ce tefmoignage à fon induftrie, cefte recommendation ferue d'eguillon à bien faire à tous ceux qui en femblable occafion le fuyuront : Certifions que ledit LA GRYVE en noftre prefence & celle de Meffieurs Maiftres ISAAC COGNAIN, HIEREMIE LAGNIER, PANCRACE MARCELLIN, IEAN PIERRE BVGNET, IEAN RICHARDON, PHILIBERT SARRASIN, CLAVDE DV BOST, IEAN DELAMONIERE, HENRY DERHODES, FRANÇOIS COGNAIN,

Docteurs aggregez de noſtre College: Apres auoir eſtalé
les ſimples & drogues neceſſaires à la ſuſdicte Confection, entre leſquelles eſtoyent les Trochiſques ſus men-
tionnez des Viperes preparez en preſence deſdits Docteurs, des Viperes chaſſees & prinſes en lieu & ſaiſon
conuenable, en ce terroir Lyonnois, autre Apoticaire auparauant luy n'ayant rien attenté de ſemblable, & nos
boutiques luy demeurant obligees de ceſte deſcouuerte,
a procedé du depuis au meſlange deſdictes drogues, y adſiſtants les Docteurs & Maiſtres Apoticaires Iurez, deputez & nommez d'office par Meſſire I A C Q V E S O L I E R,
Conſeiller du Roy en ſes Conſeils d'Eſtat & priué, & Sur-
intendant en la Iuſtice & police de la ville de Lyon, &c.
qui honnoroit ceſte Action de ſa preſence, accompagné
de Meſſieurs les Preſident, Lieutenant general & particulier, Conſeillers, & gens du Roy de la Seneſchauſſee, &
Siege Preſidial de la ville de Lyon, & tous les autres Maiſtres Apoticaires, & que, ſoit en l'eſtalement, & exami-
nation des drogues, ſoit audit meſlange, tout y eſt paſſé
ſelon l'aduïs des Docteurs Medecins & Maiſtres Apoticaires

Matthieu Cheurier, Garde iuré deputé & nommé d'office.

Guillaume Neſme,
Dauid Moze, &   } deputez & nommez d'office.
Guillaume Rouſſet,

Jacques Callier,	*Pierre Biſſalard,*
François Pauillon,	*André Viau,*
Antoine Dondeyne,	*Guillaume Bugnet,*
Jean Vimard,	*Jacques Chaſtillon,*
Nicolas Charlin,	*Saluator Dondeine,*
J. Philibert Verdan,	*Pierre Cheurier, &*
	François Declercy.

adſiſtants, qui n'ont peu ne luy rendre ce teſmoignage,

que peu de ſemblables compoſitions, plus accomplies en
medicaments choiſis ſelon l'Art, la methode, & l'inten-
tion de l'Autheur, auoyent paru iuſques alors. Et qu'apres
le meſlange, le temps neceſſaire à la fermentation luy
ayant eſté preſcript par noſtredict College, qui condam-
nant la couſtume de ceux qui mettent en vſage le Theriaque auſſi toſt apres ſa confection, l'a cenſuré comme
erronnee, & a iugé raiſonnable, qu'elle ne fut debité auant
le temps neceſſaire : Il a declaré, que ſon deſſein, en tout
ce qui dependoit de ſa profeſſion, n'eſtoit autre que l'vtilité publique, & qu'à ceſte fin il feroit tout ce qu'il luy ſe-
roit enjoint, puis que le College en decernoit en ceſte façon. Ayant auſſi-toſt remis les clefs du vaſe où eſtoit con-
tenu ladicte Theriaque entre les mains de Monſieur l'Intendant, qui s'en reſeruant l'vne, & luy en permettant
vne autre, voulut que les autres fuſſent gardees par Nous
& par l'vn des Gardes Iurez Apoticaires, pour les rappor-
ter lors qu'ils ſeroyent requis de venir remuer ladicte
Compoſition. Le temps doncques de la fermentation
eſtant expiré, Nous declarons ladicte *Theriaque* eſtre telle
qu'ayant eſté ſi fidelement preparee qu'il n'eſt poſſible
de plus, ſelon les regles de l'Art, elle peut-eſtre non ſeulement debitee vtilement, mais auſſi qu'aſſeurement l'on
en doibt attendre les vertus, leſquelles l'Autheur de ce
ſouuerain medicament luy a attribuees, confirmees par
vne longue & indubitable experience. En foy dequoy
nous auons ſoubſigné la preſente Approbation, & y
auons faict appoſer le ſeel de noſtre College, & les Maiſtres Apoticaires celuy de leur Communauté & leur
ſeing manuel. A Lyon, ce vingtcinquieme Octobre, mil
ſix cents dixneuf.